Disney · PIXAR
Cars
Quatre Roues
TOON

Tokyo Martin

hachette
JEUNESSE

Flash McQueen
Martin

Un après-midi, Martin, le Sheriff et Flash McQueen discutaient chez Flo au V-huit Café. Quand soudain, trois voitures modifiées dérapèrent devant eux.

– Revenez ici, bande de sauvages ! hurla le Sheriff en se jetant à leur poursuite.

– Tu sais, j'en ai fais des rodéos sauvages, déclara Martin à son ami.

– Quoi ? pas possible ! s'étonna Flash McQueen.

– Si, si je t'assure, répliqua Martin. Et il se mit à raconter son histoire...

Tout commença, un jour où je me promenais à travers Carburetor County. C'est alors que j'aperçus une voiture sur le côté de la route.

– J'ai l'impression que vous avez besoin d'un petit remorquage, proposa Martin.

– Mais je vais très très loin, répliqua la vieille voiture qui se nommait Ito-san.

– Ba ! Rien n'est jamais trop loin, pour Martin la dépanneuse ! s'exclama-t-il.

Et c'est comme ça que Martin se retrouva à Tokyo ! En sortant de la mer du Japon, il s'exclama :

– Ben, mon vieux, il faudrait vraiment que je pense à changer mon slogan !

Martin n'avait encore jamais vu d'aussi grands immeubles.
Soudain, en reculant, il toucha accidentellement Kabuto, le chef du gang des voitures ninjas.

– Tu as égratigné ma peinture, dit-il hargneusement. Il se mit à tourner autour de Martin.

– **DORIFUTO DE SHOUBU DA !** hurla Kabuto en japonais.

– Hein ? balbutia Martin.

– Il te défie dans une course de dérapage, lui expliqua Ito-san. Les concurrents doivent être rapides et savoir déraper dans les virages.

– Nous ferons la course à minuit, annonça Kabuto.

– Pour gagner, tu as besoin de modifications, lui dit Ito-san.
Avec l’aide des autres voitures, Martin se retrouva bientôt recouvert d’une peinture bleue de folie et d’un gros aileron à l’arrière.

À minuit, il se plaça sur la ligne de départ aux côtés de Kabuto.

– Roulez jusqu'au sommet de la tour de Tokyo. Le premier qui saisit le drapeau deviendra, LE ROI DE TOUS LES PILOTES ! expliqua Ito-san.

– Qu'arrivera-t-il au perdant ? demanda Martin
– Le perdant sera dépouillé de toute ses modifications et se retrouvera tout nu, grinça Kabuto d'un air cruel.
Mais Martin ne voulait pas perdre sa nouvelle peinture.

– PRÊTS ? Trois, deux, un… PARTEZ !

Kabuto et Martin zigzaguèrent à travers la route.

Kabuto contourna un virage et dérapa à vive allure. Il était en tête ! Martin essaya de le rattraper, mais conduisit si vite qu'il manqua le virage.

– Tu ne sais pas déraper ! ha-ha-ha ! se moqua Kabuto.

– Je vais te montrer, répliqua Martin, qui alla accidentellement dans la mauvaise direction. Martin tomba nez à nez devant un officier de police qui hurla :

– Reviens ici, espèce de sauvage !

Le policier mit sa sirène en marche et pourchassa Martin.

Ils se retrouvèrent à l'intérieur d'une boutique de beignets remplie de policiers.

– J'adore les beignets ! s'exclama l'agent de police.

Martin en profita pour s'enfuir. Kabuto, était juste devant lui. Il réussit à se positionner à ses côtés.

– Bien, dit Kabuto, mais ce n'est pas assez. Ninjas, attaquez !

Soudain, Martin se retrouva encerclé par un groupe de ninjas.

– OH, NON ! DES NINJAS ! paniqua la dépanneuse.

Flash McQueen n'en croyait pas ses oreilles.
– Qu'as-tu fais ? demanda Flash ébahi.
– Rappelle-toi, répliqua Martin. Tu étais là, toi aussi !

En effet : un éclair déchira le ciel de Tokyo. La fumée se dissipa, laissant apparaître Flash Dragon McQueen.

– T'inquiète pas je vais m'occuper d'eux grâce à ma technique du dragon ! dit-il.

Flash McQueen envoya tous les ninjas voler dans les airs.

Puis, Martin et Flash McQueen dévalèrent la route. La dépanneuse aperçut Kabuto et cria :

– Oh non, il est presque arrivé à la tour !

– Vite, suis-moi ! cria Flash.

Martin et Flash McQueen sautèrent à l'intérieur d'un chantier. Une grue géante, réveillée par le bruit, fit tomber des barils d'huile sur le sol.

Il y en avait partout ! Les deux coéquipiers glissaient sur le sol.

– Whouaiii ! Regarde-moi ! s'exclama Martin, je dérape !

La route du chantier touchait à sa fin, laissant un trou gigantesque.

– Je ne peux plus m'arrêter ! hurla Martin.

FlashMcQueen poussa Martin dans un énorme tuyau.

Puis Flash fit exploser l'huile projetant ainsi Martin dans les airs.

– **BOULET DE CANON !** annonça Martin en volant, à travers toute la ville.

Pendant ce temps, Kabuto était presque arrivé à la tour. Mais grâce à Flash McQueen, Martin le rattrapa.

– La victoire est à moi, se réjouit-il.

Kabuto se lança à sa poursuite. Bientôt, ils furent à proximité du sommet de la tour de Tokyo.

– Tu ne peux pas me battre ! hurla Kabuto.

– Si je peux ! Si je peux ! le nargua Martin.

Soudain, Kabuto poussa Martin hors de la route. Rapidement, Martin lança sa chaine de remorquage en haut de la tour et se laissa tirer vers le haut. Il finit premier de la course !

Une grosse fête fut donnée en l'honneur de Martin. Kabuto fut humilié et nu de toute modification. Son gang de ninjas trouva un nouveau chef.

À cet instant, à Radiator Springs, Martin conclu son histoire :

– Et c'est comme ça, que je suis devenu Tokyo Martin, le roi de tous les pilotes !

Joue avec Martin !

Replace les images dans l'ordre de l'histoire que tu viens de lire.

①

②

③

④

Réponse : 2 ; 4 ; 3 ; 1

Quizz

1. Dans quelle ville se situe l'histoire de Martin ?

2. Quel est le nom du méchant de cette histoire ?

3. De quelle couleur est la nouvelle peinture de Martin ?

Quizz

4. Qu'arrive-t-il au perdant de la course ?

5. Qui sauve Martin des griffes des ninjas ?

6. Qui remporte la course ?

SOLUTIONS

Question 1 :
Dans la ville de Tokyo.

Question 2 :
Le méchant s'appelle Kabuto.

Question 3 :
La nouvelle peinture de Martin est de couleur bleue.

Question 4 :
On lui enlève toutes ses modifications.

Question 5 :
Flash Dragon McQueen.

Question 6 :
La voiture qui remporte la course est Martin.

Pour l'éditeur, le principe est d'utiliser des papiers composés de fibres naturelles, renouvelables, recyclables et fabriquées à partir de bois issus de forêts qui adoptent un système d'aménagement durable. En outre, l'éditeur attend de ses fournisseurs de papier qu'ils s'inscrivent dans une démarche de certification environnementale reconnue.
Imprimé en Espagne
Dépôt légal : juillet 2011 - Edition 01 - ISBN : 978-2-01-463964-3
Loi n°49-956 du 16 juillet 1949 sur les publications destinées à la jeunesse.
Pour tout renseignement concernant nos parutions, nous contacter par téléphone
au 01 43 92 38 88 ou par e-mail : disney@hachette-livre.fr
Hachette Livre – 43, quai de Grenelle, 75905 Paris Cedex 15